die sich in Cold-turkey-Gefängnissen aufhängten
in Badezimmern absackten oder einfach irgendwo im Park
die gleichen Gesichter die gleiche Sinnlosigkeit
das kalte ausgehungerte Fleisch
nachts träume ich manchmal von der Spritze
ich hab gesehen wie sie sich in den Pen
und Halsschlagader fixten
meine Freunde in der Morphiumbaracke
ich selbst habe Narben aussen und innen
Narben die nie verheilen Bilder die nichts auslöscht
was ist Leben am ende als ein Tropfen in der Kanüle

FAUSERTRACKS

Vox: Jörg Fauser

Musik: LEBENdIGITAL

1 CD | Literatur | Inszenierung

SR
RANDOM HOUSE AUDIO

Jörg Fauser **Fausertracks**

Zuerst war der Klang der Stimme. Jörg Fausers Stimme. Seelenwund, einnehmend, unzweifelhaft, austeilend und einsteckend. Berührend. Ein einsamer Rufer in einem schallisolierten Hörfunkstudio. 70er Jahre. Man stellt sich Tontechniker, Magnettonbänder, Geräusche absorbierende Akustik vor. Der Dichter und die Bandmaschine. Gelassen rezitierend, beiläufig, ohne Pathos, er könnte beim Einsprechen geraucht haben. Ein Rocksänger ohne Band, der Songs ohne Musik hersagt, als habe er sie soeben erst verfasst, vielleicht auf den Rand einer Zeitung notiert. Nevada; Augenblicke der Vollkommenheit; Stardust Motel, Hollywood. Gelegentlich dringt Fausers Akzent an die Oberfläche, hessisch, geerdet. Über dreißig Jahre später ist das Echte immer noch echt, immer noch jung, immer noch dagegen, aber auch ein Stück Zeitgeschichte. Auf jeden Fall aber immer noch Songtext. Herausfordernd: der Stimme Musik zu geben, den Respekt vor dem Dichter zu wahren. Die Musiker bleiben im Rücken des Sängers. Neue Bilder entstehen: Nevada und das Flirren der Hitze über der Wüste. Ein endloser Trip durch NY. Das Zerstörerische der Morphiumbaracke. Texte machen Melodien, die Sprache klopft den Beat, die Stimme prägt den Sound. „Ich schreibe die Texte und du schreibst darauf die Musik, nicht umgekehrt", sagte Jörg Fauser: „...Gedichte vertonen...das ist eine neue Dimension...Kollektivarbeit...da wird etwas geschrieben, dann hört man das und das ist etwas ganz anderes...was ich normalerweise mit Büchern sehr schwer erreiche."
LEBENdIGITAL, September 2005

Jörg Fauser. Foto: © privat

Jörg Fauser wird am 16. Juli 1944 in der Nähe von Frankfurt/Main als Sohn eines Malers und einer Schauspielerin geboren. 1963 erste Veröffentlichungen von Gedichten. Lebt in Frankfurt, Berlin, Göttingen, Istanbul, London, München. Drogenerfahrungen, Heroin, Alkohol, beteiligt an Hausbesetzungen in Frankfurt am Main. Arbeitet als Flughafenarbeiter, Nachtwächter, Krankenpfleger, Büroangestellter, Dichter, Journalist. Liest Kerouac und Burroughs, trifft 1976 in Los Angeles Charles Bukowski, den er für den Playboy interviewt, den er verehrt. Schreibt Hörspiele („Cafe Nirwana", 1974, WDR), Gedichtbände („Trotzki, Goethe und das Glück", 1979), Romane („Der Schneemann", 1985 verfilmt mit Westernhagen), Erzählungen, Reportagen. Später wird man sagen, Jörg Fauser ist ein Begründer der deutschsprachigen Popliteratur.

„Ich war ein Außenseiter, der auch bei den Außenseitern auf der Außenseite saß". Ein akribischer Beobachter, ein uneitler Schreiber, ein Wirklichkeitsarbeiter, einer für keine Schublade. Schreibt Songtexte (1980): „...es hat Jörg gefallen," so Achim Reichel, „dass seine Texte durch die Musik plötzlich von so vielen Menschen gehört wurden. Er sagte immer, wer liest schon einen Gedichtband?" Jörg Fauser bezeichnet sich als Geschäftsmann, writing is my business, will ein Dichter sein, der gehört wird: „Einen Schriftsteller, der nicht gelesen wird, den halte ich für eine pathetische und sinnlose Figur". Jörg Fauser wird im Morgengrauen des 17. Juli 1987 auf der A94 bei München von einem LKW überfahren. Charles Bukowski schreibt: „...gegen einen LKW kommt keiner an – goodbye Joe, ich bin froh, dass wir Dich hatten!"

Analog und digital, das Konzept von **LEBENdIGITAL**. Detlev Cremer und Jochen Rausch gründen Ende der 70er ihre erste Band, New Wave mit deutschen Texten: „Die Helden". 1980 Gründung von „Stahlnetz". Neue deutsche Welle, minimale Elektromusik, die Single „Vor all den Jahren geht" in die Charts. Produziert vom Übervater des deutschen Pop, Konrad Plank in Connys Studio. Das Album „Wir sind glücklich" ist heute eine gesuchte Rarität. Verschiedene Plattenprojekte, Songwriting, Touren, Festivals. Rückzug ins Studio, Soundtüftler, Studiofreaks, verknüpfen analoge Synthesizer mit dem Laptop, Klavier und Gitarre mit Sampling. Bereits in den 80ern experimentelle Projekte, Symbiose aus gesprochenem Wort und Grooves, Wortart, Hörspielminiaturen. Nehmen die Arbeit an Wortmusik-Projekten Ende der 90er Jahre wieder auf. 2005 Fausertracks.

Tracklisting

01. Stardust Motel, Hollywood 04:24
02. Zu den Fragen der Zeit 04:10
03. Amerika 03:43
04. Nachmittag in Gustls Bierstube 04:32
05. Trotzki, Goethe und das Glück 03:58
06. Bockbierabend 03:51
07. Fat City Fußball Blues 04:55
08. Karfreitag 03:36
09. Nevada 03:42
10. Winterszene 03:28
11. Tod eines Anarchisten 04:02
12. Belutschistan Joe überm letzten Bier 03:54
13. Liebesbriefe 02:57
14. Manchmal mit Lilly Marleen 04:17
15. Dichter in New York 07:18

Jörg Fauser „O-Ton"
Doppel-CD mit ausführlichem Booklet.
Jörg Fauser liest aus: Die Bornheimer Finnin, Rohstoff, Clint Eastwood ist Hamlet, Durch Deutschland, Bockbierabend, Tod eines Anarchisten u.v.a.

Erschienen unter Nr. US-0245 im Trikont-Verlag, 81510 München, Postfach 901055.

Tel. 089-6927204 | Fax 089-6920900
bestellung@trikont.de
www.trikont.de

Trotzki, Goethe und das Glück.
Gesammelte Gedichte und Songtexte, mit einem Nachwort von Franz Dobler und Gesprächen mit den Musikern Achim Reichel und Veronika Fischer.
JÖRG-FAUSER-EDITION – Band IV
408 Seiten, gebunden
Euro 24,50 / SFr 42,90
ISBN 3-89581-117-3

JÖRG-FAUSER-EDITION – Band I
Marlon Brando, der versilberte Rebell
JÖRG-FAUSER-EDITION – Band II
Rohstoff
JÖRG-FAUSER-EDITION – Band III
Der Schneemann
JÖRG-FAUSER-EDITION – Band VI
Alles wird gut – Gesammelte Erzählungen

Weitere Bände sind in Vorbereitung.

„Diese Gedichte gehören verflixt noch mal in jedes gescheite Bücherregal." *tip*

„Photoalbum, Landkarte, unser Land, die Kneipe um die Ecke. Waffe, Würde, Seele und Soul. Das Vergebliche, der Mut. Sprachbuch, Präzisionsarbeit. Glanz und Elend der Liebe, Glanz und Elend des Schreibens. Ein Gesangbuch, durchzogen von einem wummernden Blues." *Franz Dobler*

info@alexander-verlag.com
www.alexander-verlag.com

www.joergfauser.de

www.lebendigital.de

Coverfoto: © Interfoto / Pulfer
Covergestaltung: vierviertel.com
Graphische Adaption: Nils Becker, das buero, Düsseldorf
Gesamtlänge ca. 63 Minuten.

Vox: Jörg Fauser
Gitarren, Bass, Geräusche: Detlev Cremer
Klavier, NI Reaktor: Jochen Rausch
Zusätzlicher Bass: Andreas Kretschmeier
Texte: Jörg Fauser
Musik: LEBENdIGITAL
Mix: Andreas Kretschmeier (Edgetip-Studio, Arnheim, Niederlande)
Mastering: Jörg Menningmann, jam-audio

Dank an: Gabriele Fauser, Martina Steimer, Jan Pleines, Alexander Wewerka, Kai Dollbaum

Weitere Titel im Programm von Random House Audio

Various
Lauschangriff – 5 Pop-Hörspiele
Hörspiel

5 CD, 253 Minuten
ISBN 3-86604-027-X
0162092RDH

Joachim Sartorius
Nachrichten von der Poesie
Sprecher: Diverse

1 CD, 67 Minuten
ISBN 3-89830-946-0
0162078RDH

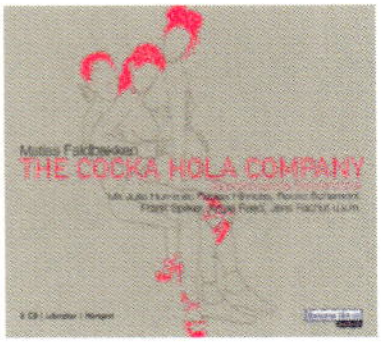

Matias Faldbakken
The Cocka Hola Company
Sprecher: Rocko Schamoni, Julia Hummer, Fabian Hinrichs u.v.m.

2 CD, 143 Minuten
ISBN 3-86604-044-X
0162231RDH

Else Lasker-Schüler
Ich träume so leise von dir
Sprecher: Diverse

1 CD, 70 Minuten
ISBN 3-86604-050-4
0162268RDH

3-86604-025-3